Translated by
Poyu Chen and
Nicholas Wong

陳柏煜 黃裕邦 譯

有些人愛，像把月亮的浪漫傳說

信以為真；但他們的愛太表面，按部就班

隔著一層太空衣。或者他們愛

感覺像枚被放回沙灘的貝殼₁。他們愛

海岸線，不愛回過頭，爬上

堅實的土地。愛在別人家過夜

他們多愛在黑暗中以挫敗感磨蹭我的胸膛

想像一下床上的氛圍。想像我要

愛回去有多難。打砲時

他們都是盲目的奶狗，扭來扭去，尋找

空下的奶頭。他們愛說色色的粗話

愛提出鞭打的要求

他們愛在我呻吟時這麼做。他們愛聽我說好

他們愛我，如同他們愛 Tenga 電動自慰杯中的

收縮。他們愛事後和我泡澡。好美，他們也懂

他們的恐懼沿著我的小腿流下，那麼可觸，那麼白

1　部分句子改寫自《蓬熱詩選》 *Francis Ponge: Selected Poems* (1994). Wake Forest University Press。

請帖

如果告訴你，鮮花拱門是我的身體而那是誰的手，你會來參加我的婚禮嗎？我無法解釋我的選擇，不好說爲什麼拱門上有那些激亮的乳頭。你見過他。他的手，對我來說，有時是邊境，有時就是全世界。我害怕繼續，因爲知道了破曉的時間。我懂了你說的無知是福。但我想讓你知道更多。他仍跪在我身邊，直到一個字在我心中安頓。我的心知道破曉的時間。那天看他遲疑，他看著我衡量道歉的話。我很怕。過去幾個月我們都在測量祕密與懺悔。世界是條延長線。你沒告訴我，情人總是滿口甜言蜜語，並將悲傷向裡面捲。你沒告訴我，婚禮就是撤銷一次理性的分手。你會來嗎？我們會邀請唐綺陽、張君雅和我們的母親。如果我們的自助吧設有速食主題區，你還會來嗎？快樂蜂、麥克雞塊、一些像苔蘚的鬼東西，如此賓客就無法分辨他們的第一盤與第二盤。無法解釋我的選擇。我曾盡己所能打開自己，擴大捕獲戀愛的表面積。我無法解釋。剛認識他時，他爲我煮飯。我們盤算要邀請 Jolin 而且在 IG 上直播（＃親愛的對象）。你怕了嗎？你可以不入鏡，帶一條延長線來我們的婚禮。你見過他，但我沒告訴你我們在小李子的宵夜，台北讓我們重修舊好。沒告訴你，我們在仁愛路牽手時，不必忍受路人的眼光。嚇到你了嗎？還是一句，帶條延長線來吧。我無法解釋我的選擇。再也不要我的人生，像高球杯中心般空洞。有他在，

我想要看見圈圈光的蜂巢，聽它叮咚作響。有他在，我知道自己的感受，也想感受確切知道的感覺。這些想要太急、太過頭了嗎？你當然也無法解釋我的選擇。有時，單單看見我們光彩地拋頭露面就足以心傷。有時，我們這類人裝扮得像小丑，向陌生人問好。我希望你告訴我是什麼驅動一場婚禮。忠貞的行爲？我希望你告訴我，親密感能夠當一座花拱門，剛剛架設完成。你害怕我並不怕嗎？要是我告訴你，我想要你到場呢？說好。我就不再細細複述我的故事。我保證。

失眠藥

那詭異的黏滯感又來了
關於我們日常的鏡頭，只帶局部
字幕，像一部於邪典影展滑鐵盧的
偽紀錄片。室外，白晝千層的
色彩壓縮進黑暗
所有厭惡掌聲的手都睡著了
溫暖地緊扣在胸膛與
鴨絨被單之間。我嫉妒那種肌膚
如此好整以暇，彷彿不必再
把信任放在眼裡。知道嗎
某次幫人吹，我想像他的卵蛋
是兩粒有默契的紅毛丹
電紅色的。不知道
怎麼剝，我一走了之
這個夏天明知故犯
像不眠不休的奶頭
霸佔我的嘴巴。希望我能

像可悲的學者把愛闡述成

性別作為一種方法

安眠酮這個詞，被大大低估

人應該多說：請為自己

補給，但多數人寧願

接受憐憫。適當地

溫和地。假如我乾裂的嘴唇政權

每天為你打上兩個洞，你的臉頰

就會像瑞士起司。畫出你

最不喜歡的國家的海岸線，接著畫

下巴輪廓，就畫上一次

把你當成博物館進入的人

然後，重複。因為重複

令你快樂 2。同樣地，被一再重複

同樣地，如此靠近卻無人出沒

2 夏宇詩作〈蒙馬特〉：「重複可以讓我幸福」。

講價

欸，左手持姻緣簿，右手拐杖的月老
或者你還有其他別名，我才不管
你是否超時工作，今天是七夕
鵲橋相會的日子，你值班

必須做些配對的差事，以紅線
綁住兩個人的腳踝，此刻前，他們
素昧平生，卻因你陷入狂戀。老實說
把紅線纏在小指頭上，不是更可愛嗎

你做你擅長的就好。享用我的供品吧
碎餅乾和麥芽糖。我懂你的軟肋，你嗜甜
而我乞求的回報：老公——身材臉蛋
像林柏宏（想像台灣的雷恩・葛斯林

更嫩，沒有胸毛）他開保時捷，小狗眼
溫順地看我隨 Blackpink 歌單起舞

別挑剔動作，我已盡力鬆開
深鎖的肩胛了。月老啊

你最好把我當成一名虔誠的信徒，想談
不同的戀愛。時代變了，我仍相信
一個男人總有他可取之處
而他總會看到我，像前一夜

我從旅館窗戶看見，球場上兩個少年，一個上裸
練習後仰跳投，一個靜靜看他。月老，我不敢相信
你居然沒把他們配成一對。視力不好也不能靠
蒙眼來矯正吧。我會燒一名驗光師給你，他已經在路上了

明喻

廟祝是知道的
聽他修飾問題的方式就知道
我感覺像條數學算式
你寫的東西，本性相同嗎？
或有互異？
彷彿道家相信，本性與性，當可
互換，像兩條
殊途同歸的河
我喜歡廟，因為沒人
為事實而來，卻有人信誓旦旦
那些被視為事實的，都過去了
半實半虛
因為軟軟的恐慌有機會
被修改到近乎緩解——
垂首，磕頭，籤筒
在塵世中含糊其辭
因為耶穌不曾把我當羊來牧養

而我也不像個嬰兒

裹上襁褓願神與你同在

那字條是我前任的媽媽寫的

我幾乎忘了她

直到看見抱歉在舊草稿上

回流了五次，結結巴巴

收結於……接受我們

就像穿著木屐玩立槳

因為我沒修改那草稿

因為神明建議我別改

除非我喜歡像個飛機杯

將需求轉化為時間的粗活

然而某些明喻仍比其他更 Gay

就看作者是誰啦。我寫的

好吧，是我憑本性

寫的，就像有人夜夜潑灑

語義之怒

於我的胸膛、脖子

我讓它像顏料般滴下，滿足

父親傳記（偏見版）

他睡在臨停貨車上
打手槍時才十二歲
夢想無法養活他
他逼迫自己投入藥學的世界
讓老闆叫見習的、小子、你
他周旋在 A 開頭的藥品
（阿斯匹林，普拿疼
高露潔亮白，阿門），假裝
摸透這些詞的表裡
他假裝，模仿塑膠
模仿玻璃，就這樣他
度過了青春期，總誇耀
傷口是男人的勳章，而他的
傷口是公開的，他的手掌
稱不上什麼文學手法
手相師傅預告，他將有
三個孩子（避而不談

其中一位），他請求重看

他理解的男子氣是爲飯碗

添滿白飯，把借據穿成

日常工裝，他錯過晚餐

錯過孩子大半的童年時光

忙著賣咳嗽糖漿，咳到

肺後面硬得像塊板子，他的名字

聽起來像月有或悅友，名字

缺乏好比馬龍白蘭度或艾爾帕西諾的戲劇性

他開始覺得電影裡，黑手黨的賭技

很吸引，他雙倍下注，分牌

要牌，要，沉溺於偶然贏錢，刹那的

切膚之樂。他讓選項與

挫敗撒了一桌，如此看起來

較好掌握，他研究賠率

贏了會發光，他是女王

不肯擲的骰子，他跌跌撞撞

線性推進，他的人生

敘述也因而與之符應

世代之間

才在我媽上面推進幾下
你就給了我男子氣概與前列腺
給我一紙出生證明，八字重金
遇上火年會折損骨頭。也許我腳頭不好
你仍給我一層外衣
直到少年們的舌頭舔遍，我才知道
它叫皮膚。你給我那張來不及收起
就犯錯的臉，然後你賣掉了
黃色金龜車，也忘了怎麼把自己養大
我該替你決定嗎？入境時，我解釋
我們這類人，姓放在前面，名放後面
我從家裡撿幾球襪子帶到醫院
聽見你在病床上說：請。你將豆子
剩在盤中，彷彿思索著豆子的
歷史。我喜歡。你說：你阿爺
不是真的喊爺爺，而是咒罵
你說我的肺不好，你阿爺

我想起卡通裡的病毒看起來

總不大規則。小時候，講髒話

是冒失的行為，要後果

自負。接著清你的痰，清你的

痰，清你的痰。你仍沒過問

那些我帶回家的男人

所以我沒告訴你我在外頭稱姐道妹

電視說 K-POP 是快樂病毒

而海馬的世界裡雄性負責懷孕。好多痰

在你的肺裡越積越厚

你吃藥時我收看動物節目

學到原來存活也分階級

長相醜陋的魚往往配上「東方」音樂

海豚則在交響樂中

優游大海。你清痰，一清

再清，問爲什麼我從紙盒裡抽

衛生紙，卻像從你的肚子抽出來

我刷美國運通卡以治療父親肺裡一種我不會唸的病毒

在醫院，我們成了
晾在一旁的企業家
我的頭轉得像一台渦輪洗衣機
我的意思是，相較之下
你是個黑洞
我的____性，跟我的薪水一樣
難以啓齒。我們應該（卻不能）
談談我那些肢體交纏的
夜晚。我動____念
玩____棋，遛____狗
我好無聊，你說
那時候，我知道你都知道了
當病毒點描你的肺部
我想像你問我爲什麼讀
沙特。我想像你說
你不像我。眞的
我____的影子在你散發牛蒡

味的軀體上起皺

而我的肺沒有陰影

沒被估算，開發票，一項

一項，然後存檔，繳費

然後變成可兌換的

哩程，鬃毛與鹿柵

我在無數的自拍中

假裝異國情調

以償還我＿＿＿的髮膚

也算盡了孝

你剩在一旁

像張收據。數十年後，當我說

你不像我時，有人會說真的嗎？

讓我不至於得一個人感受

身為＿＿＿

的認同與匱乏

關於缺席，尋求父輩指引

何寶榮和黎耀輝：女人缺席
但母性沿伊瓜蘇瀑布的內縫產卵

　　。

萬水奔騰傾注的那洞是欠缺護理沖積的欲望

　　。

太佛洛伊德。重說，這樣你爸才讀得懂

　　。

快轉：映後 QA
我父親會給出沙沙的回應
這電影聽起來很濕潤／這是部潮濕的 A 片嗎？

　　。

倒帶：我的童年混剪
八〇年代的週六電影夜集錦

一段成龍特技的蒙太奇，商場內的飛跳
不時想秀一下屁股作為喜劇效果的衝動

　　。

過去，讓爆米花吸乾的嘴唇

形成一道代溝。我跟爸話說得不多
。

漸漸少談女人在劇情中
在愛情中的必要性
。

剪接至治療師 A：由父親帶領，關於男性裸體的討論
有淨化作用，能讓你兒子搗破處女膜，回應生理需求
。

剪接至我青春期的祕密假日：
在公廁巡邏就是擺 pose，因巧合而誕生
。

祕密提供一種即興發揮的樂趣，像劇本
。

剪接至現在：重播
台詞不如我們重頭來過？
這電影不能使我和他的隔膜
情有可原
。

剪接至治療師 B：妻子其實不是把阻止人自殘的匕首
。

然而，我還有多少句子能剪或剪
接至真真切切的　重頭來過

龐雜

剪斷後，繼續生長的臍帶
是種重新出發、轉向

　　　　　　　　　　　　我吐露心中的苦惱
　　　　　　　　　　　　舌頭卻無法削減
　　　　　　　　　　　　那首騷動之歌的痛楚

戴卓爾夫人當選那年，她當選了
戴卓爾夫人當選那年，民眾開始恐慌性購買汽油
戴卓爾夫人當選那年，歷史被扔掉了
她的當選與這城的臍帶扭在一塊

　　轉向
　　戴卓爾夫人當選那年，我出生了

你就是這麼被捉住的——粗略的剪影
我的童年說

六歲，媽媽送我上精英學校
新文法、新詞以小刀雕塑我的耳朵

她惶恐地教我搞定英文作業——
larva　disarm　karma

　　　　　　　有次我把 grammar 拼成 grammer　grimmer　rim

媽想要我讀藥學，結果我和 DJ 約會
換來滿滿的 beatbox 口技
舞曲串燒，饒舌，一隻模仿蘭花的白螳螂

　　　　　　然後她惶恐地搞定我，好像知道我會把
　　　　　　人生耗在獎勵那些為我雙腿大開的男人

二十年來，身體即是滿漢席

larva：束縛的花

disarm：脫困的運氣

karma：賭注加碼

準確性？只管去做——
寫下這身體的悲劇

媽哭泣的紀錄（多數在通電話時）

通話１：姊姊的女同志關係／自欺欺人：幸好
　　　　兒子不是他們的一份子
通話２（姊姊打來）：我是說……幸好
通話３：奶奶在安養院跌倒了
通話４（醫院打來）：奶奶被自己的糞便噎住，醫學上來說
　　　　她的身體只是個「物體」了，糞便必須找到方法排出
　　　　而她的嘴是身體僅剩的開口
通話５：他們的一份子到我家過夜。一根頗新的牙刷
　　　　斜靠在臉盆上，給兩個男人的漱口水沖刷過

碎片化就是將記憶允許的部分逐一放下，就像鑽洞

然後企圖重新理解。碎片會把事情整理好

我有睡眠問題

接吻不是集中注意力的方法

在我腦海中，身體一團糟：戴卓爾夫人當選那年

要是媽讓我再撐久一點，我就能得到一個

保證終生幸運的星盤。但你已讓我

陣痛了八個小時

至於一直在我腦海中的那些男人，我寧願替他們除毛，也不趕回家晚餐

前男友為他的行銷活動命名為 LED BY HER。標題屬於公

有領域，可自由使用

那活動是我和女人建立過最長久的關係，除了和我媽之外

在藥局，X$_Y$

    A. 辨識身體內藥物的含量

    B. 推斷應以媽取代 X，我取代 Y

    C. 選項二，即媽$_我$，不就是「孕」字

    D. 以上皆是

最近，我常發現她的一些髮絲（ㄥㄥ）交叉（ㄍㄐ）在製冰盒裡，彷彿

    A. 它們擱下家事休息片刻

    B. 是她故意放在冰箱裡

    C. 我必須照顧她（我$_媽$）

    D. 以上皆非（沒有中文字能對應這種角色翻轉）

即便有這個字（我$_媽$），我想我也不會

    A. 堅守它的意義

    B. 放棄想擁有自己的家，放棄經濟自主

    C. 別再奢想爸媽來付頭期款

    D. 和他們住一起，盡量不感覺受困

不知如何是好，我在情感上與＿＿＿保持距離

    A. 她

    B. 他

    C. 以上皆是

我覺得我必須

  A. 蹂躪這座奢華的城市

  B. 求包養

  C. 攤平某張我在盛怒下揉成一團的紙，回復它原本完美的樣子

  D. 接納自責

今天液體看來是恐怖的——是種離去
我承認我會玩他的液體直到他留下痕跡

數週前，媽孤獨的哭了一場
她直覺爸在七十中旬
仍背著她與人幽會。是某個
工作夥伴。她的悲傷如此赤裸
我手足無措，關起房門
我們的家很小，寬容也是

我把冰箱裡過期的食物扔掉，騰出空間。髒罐子裡的義大利麵醬，看起來
超硬的雞湯塊，像那些我媽牙齒已經咬不動的奶油焦糖。我抹除這些她哭
得聲淚俱下的痕跡。後來我才了解到，囤積是她使事情不至於崩解的方法

我和媽媽在門前迂迴

兩方伸手開門說「不好意思」

一起穿越它說「不好意思」

兩方伸手關門說「不好意思」

退回門後兩方伸手開門說「您先請」

一起穿越它兩方伸手關門說「您先請」

鎖定另外四扇門並重複

還有一扇門 ₃

3　本詩部分句子引述自馬克・多蒂（Mark Doty）與阿蘭・卡普洛（Allan Kaprow）的文字。

暗本

██

██

███████████████

██

██

██

██

██████

剛開始是這樣的：某些雞蛋知道
該怎麼處理____，如果____沒打破它們

鬥後硝煙四起，____和____的戰鬥
總是沒完沒了

一項關於____的堂皇法律催生得夠快
但被討厭得甚至更快

一覺醒來你沒有＿＿了
A. 雞　B. 雞　C. 雞

你希望＿＿，而不是＿＿，贏得
一個完美的問題

某人談論某事，關於
A.＿＿　　B.＿＿　　C.路標的情感教學法

以＿＿燃燒的火焰是異議的證據
哪有起點會在乎命運與持續多久

將水傾瀉，注入一個不曾被掘出的＿＿
它必須＿＿

＿＿是路上的瘋子
在你指出的城市，你指著城市——

那被某人一手＿＿掏空的地方
那被教育不要＿＿的地方

你是洞穴中的＿＿，走過
擺盪於去做吧與做到了之間的歲月

32

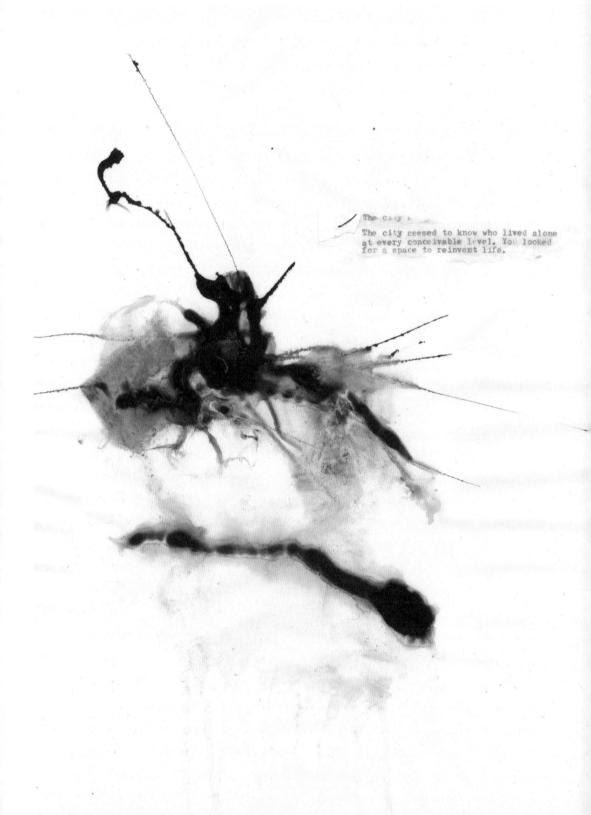

The city :

The city seemed to know who lived alone at every conceivable level. You looked for a space to reinvent life.

Thousands of feet. Walls swaying in time.
A mother was an argument without anesthetic.

A gay bar was a narrow return to guilt.

Mother had always asked me to like
an old room, find something one day

for the past. Pleasure, to conjuring.

Or, rather, make sure the double doors to
his bed were closed.

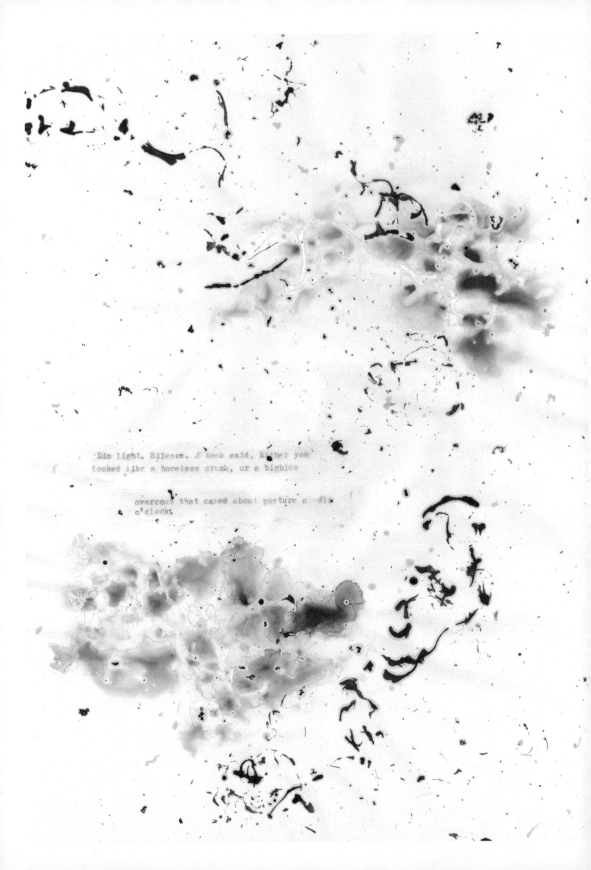

Dim light. Silence. A book said, Either you
looked like a homeless drunk, or a bigblue

overcoat that cared about posture a five
o'clock.

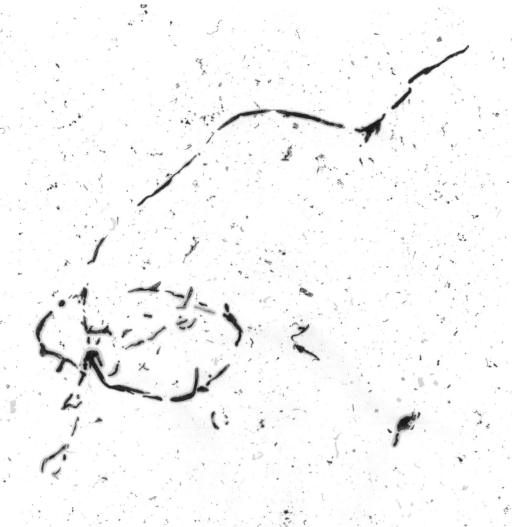

The top floor of a hotel, too much empty
time to fill. Shaking a turcoise sea of
pride.

Youth advanced to my feet. I meant gardening
my spine. There's always someone bending
down.

Living in an open sea of idealism.
Decrepitude, part envy in a wishful way.

Gay life couldn't teach you that.
I just knew the future was an eighteenth
century.

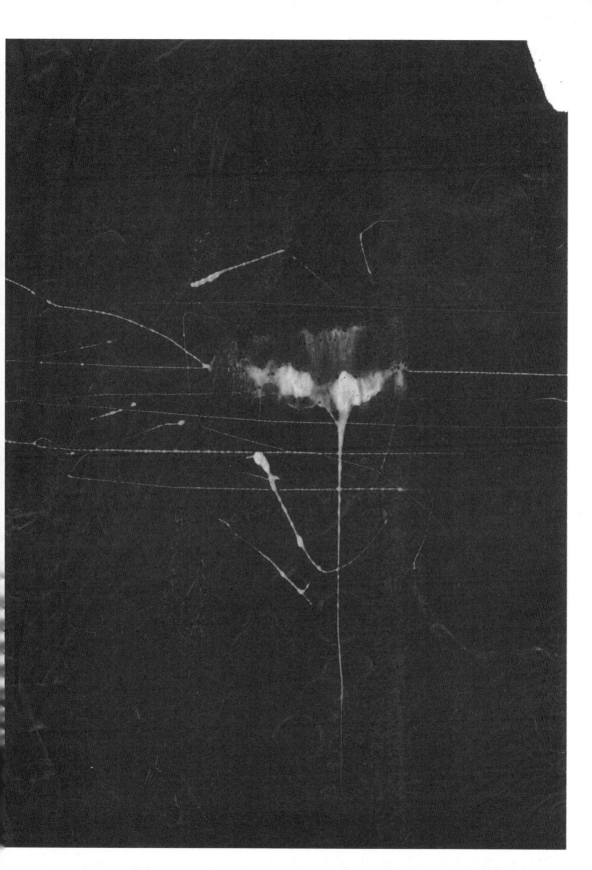

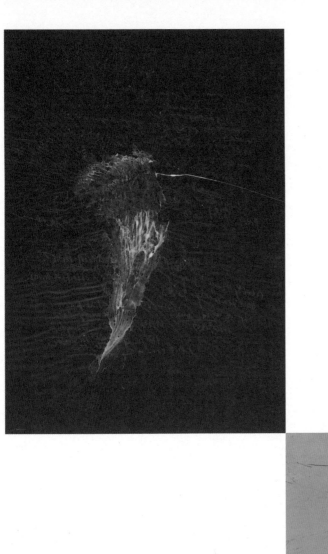

hains, half an inch long, a subtext
to this city. Iw as thick anachronism
formed around a face that advertised youth.

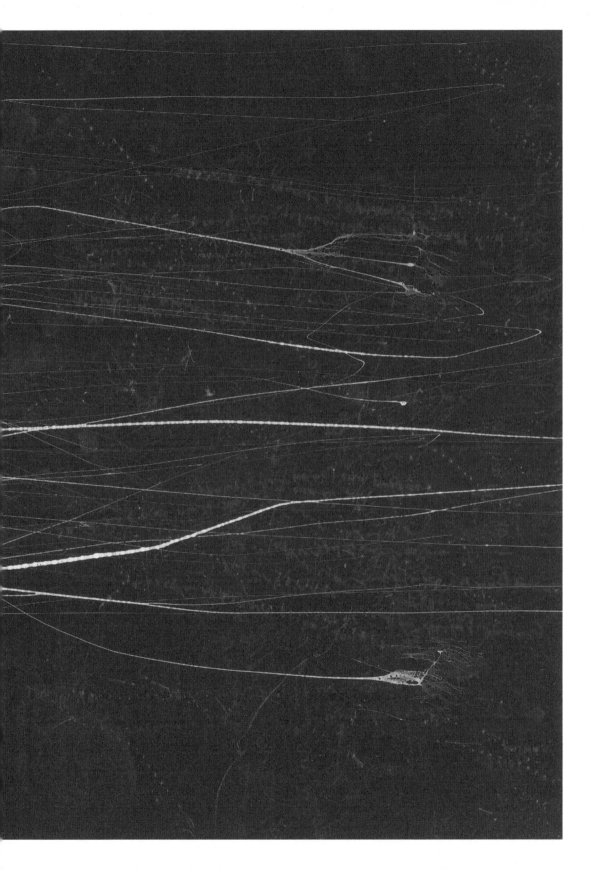

The outline of the city was mostly
defeat. I heard the doorbell.

I opened my door,
You could call it reparation.

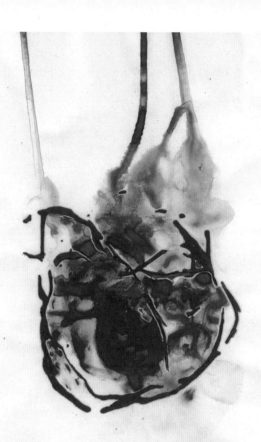

People became their past when life had
just begun.

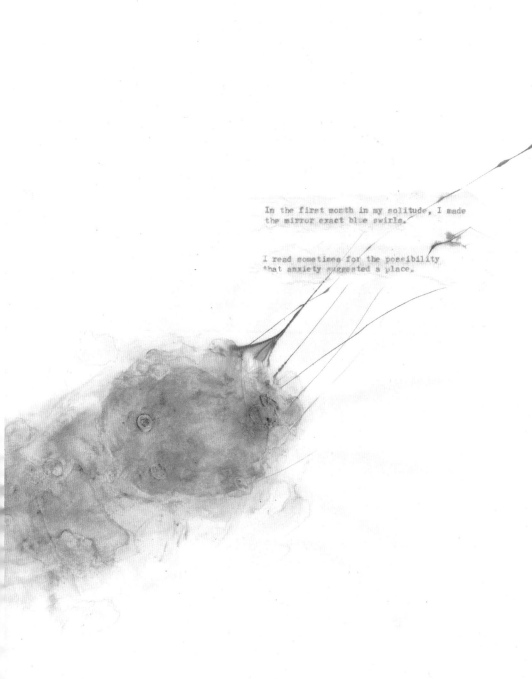

In the first month in my solitude, I made
the mirror exact blue swirls.

I read sometimes for the possibility
that anxiety suggested a place.

Spring. The interior of molds. His chest
a small mix of antiques & empty.

non-life. An invalid.

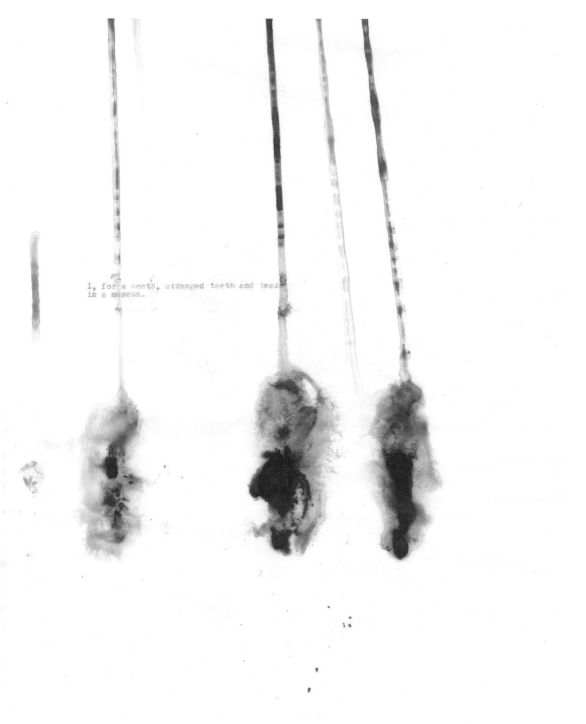

I, for a month, arranged teeth and tears
in a museum.

TO live inside people--people--people.
George. Lincoln. Grant. Pattern mattered
re than names.

The global population kept bottles of
private drawings.

I followed the pigeons. My deepest
sorrow was expensive in April.

A room weeping was used for storage
because it's cheaper to ignore
exhibitionism.

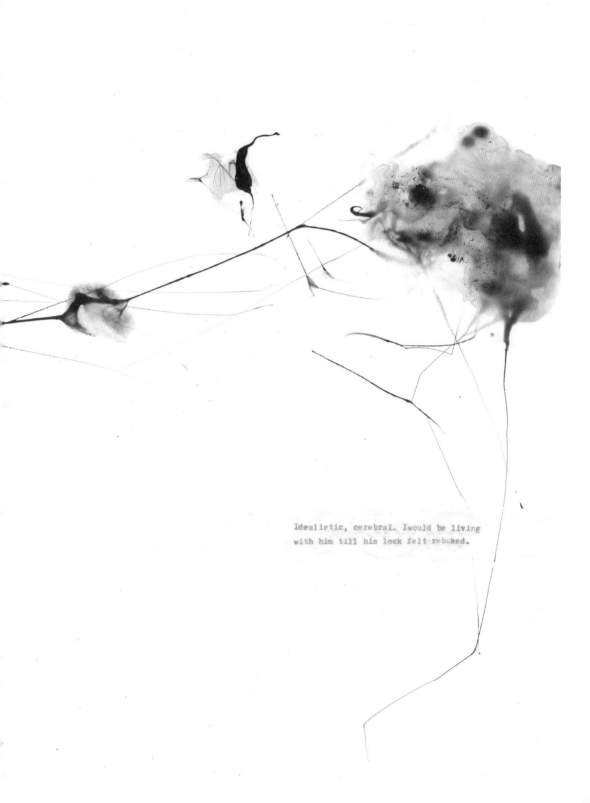

Idealistic, cerebral. Iwould be living
with him till his lock felt rebuked.

A crab that had shed one shell
found another old radio, an oboe concerto.

The whole city seemed to make no noise
as I saw him. I spent most of my days alone,
greeted the dogs.

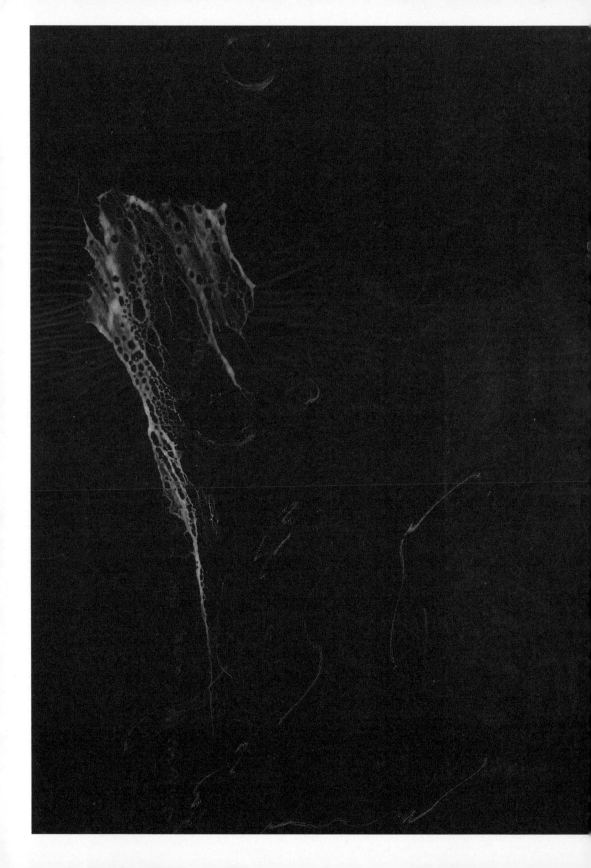

A swelling. There? A nursing home
Strangely said grief was useless. A luxury.

A city just floated around love or
success or a connection. Glancing across
the street at the very fact of stillness.

I watched grief spill like chemicals
to devastate its attuned now.

bipolar forehead.

粗灰 [4]

由無言畫構成的畫，多說無益的

末沿，簡單的牛奶，待了一陣子的主題

記時的文字遊戲，對隱晦著迷

對廢物的興趣，近乎美麗的

理解，沖刷過的瑕疵，雲的變化

收集殞落的心的麥田，沒落的地景

匿名的背景，高與低的一個我

噪音與尖叫的水坑，可能的精確

窩蝕，車骸中的舌，隨機

放置的唾液修辭，操流利

液體的訴求，柔焦，老藍眼的

破壞，無明顯規模的現實，攤開

不在這裡的這裡，永凍的

逃逸路線，一個現象，均分床

主題、熱度，少了含蓄的笑話

萬物的但是，渴望標致的羞辱

天空似的色澤，日常生活更新

群峰積雪的疲憊，燃燒的

神經焦慮，似乎著火的巧合

稀罕運氣的人話，關於衛星

或小神的讀書會，擴散的策略

夜間比喻虛構，沒有睡眠的歷史

薄暮天際的小註，秒降的

昆蟲，創造符號再將

它抽象的專業，胡蘿蔔的進階

研究，無須強行發生的形狀

充斥謊言的郡，徹徹底底的教堂

嚴峻卻優雅的嘴，參考

枯燥，與毫無痕跡的碎片來一場謀殺

乞求情境的片語，對白紙的笨

產生好奇，探索殘骸的

方式，盈餘的完整表面，前人的

懷疑無法翻譯，後照鏡的

合法邏輯，有我們在的一座城

任何一種人性，直接丟掉

---

4 題目粗灰（Crude Ash）是藝術家艾德·魯沙（Ed Ruscha）的重組詞（anagram）。詩中的句子改寫
   自 *Ed Ruscha: Fifty Years of Painting* (2009), Hayward Publishing, Southbank Centre。

直城市

假如婚姻依賴
直覺，為何

爸媽看著我
一臉傷心，而我打算

比為無物？
我們的家族樹

都給毀了。然而
茗葉不是

討本要承受的
風險嗎？5

這城市
無可定義孩子

對我來說
是選擇（操之

在己）或是溝渠
（我被告誡那是我的

水源），無礙
我就地大舔這城市的

龜頭，一枚滔滔
不絕的百合結

5　莫文蔚〈寂寞的戀人啊〉歌詞：「落葉是樹的風險」。

洞

根據國際特赦組織的紀錄，2013 年，共有 319,325 名外籍勞工在香港工作：

「約有一半是印尼籍，且幾乎全是女性……印尼與香港兩地的招募、安置機構，長期涉入外籍勞工的販運，並對其施行強迫勞動的剝削。」

0. 局面

月藍，從剛開始害羞，不敢認識你
到現在，向你要你兒時的湯匙
它曾經以背和邊緣研磨一個世界

再把細細的泥送進你
已領悟生存之道的嘴裡
後來你才學到：習慣形塑領域

你選擇在香港街頭揮汗
吃外賣，總無法對稱地掰開
免洗筷，製造雙贏局面

1. 門口

性格多浪漫才會說：外向的人需要夠大的世界
去安放他的愛

爲了尋找原因，你四處奔走——
爲什麼時鐘丟了指針才趕上時間
而時間卻撞碎了連續性

你的新女主人每週六都去髮廊
弄同樣的舒芙蕾髮型

你想調整時間，時間卻調整了別人

大家都以同樣的方式投降
所以請把你的雙臂留在門口

2. 你的

眼鏡蛇模仿領子，牠說：只要動作溫柔
約束是好的

寬恕的抓痕究竟有多深？

座頭鯨是哺乳動物的點唱機
每首歌二十分鐘

你把悔恨混同草藥放入密封罐
悔恨能放多久？那些草藥也不是你的

3. 之前

一開始，[ ] 在這個奇怪的地方根本沒朋友
一開始，[ ] 堅持用粵語因為——

[ ] 為無法符合社會的

期待感到焦慮。一開始
[ ] 有另一個家，一個有＿＿＿的家

一開始，[ ] 寧可不用他們去指稱
那群用他們指稱她
及像她的人

一開始，[ ] 稱呼＿＿＿為先生，＿＿＿不喜歡 [ ]

一開始，苦工還可以忍受
假如他的手避開 [ ]，在這配備三間臥室的公寓——
在 [ ] 終於說出來之前

4. 機器

胎盤，一件寂寞的手稿

如果夜晚是血，白日涉血而過

我在某種延宕的語言中醒來

屠殺名詞，選擇顏色
旗幟是凌亂的風所下的斷言

我的醫療紀錄很乾淨，沒過敏
你的城市用牙齒咬了我
我該將禱詞、安全別針與兒時的迷戀開誠布公嗎？

如果你的手去打開不該打開的東西
攝影機一直看著你，太太說

她不知道他——挑選我的那人——

已經拍過我的影片了。他看我的手指遊走在兩腿之間

我有兩條腿就像某些插頭
當他把吸塵器的管子強壓進我的嘴裡
我只是個使人開心的機器

我使他成爲更開心的機器

5. 做

化療前幫奶奶洗澡。別皺眉
我看見了。買你自己的碗。餐桌
是我們坐的，去爐子旁吃飯

進門後就沒有耶穌，我們是佛教徒
我看見了。別忘了關水龍頭
別落跑，你的護照我保管

晚上別和你妹視訊，晚上也不是
你的。別切換你的語氣，別
自己去開 Wi-Fi。我看見了

周日時別像個男人穿靴子

我看見了，別親吻你的朋友。他們是朋友
我們是家人。有些事情嘴唇不該做

6. 說明──

[ ] 終於成了主角
或者，事件

她的嘴唇微微張開
讓恐怖的語言
出現

社區
充溢著閒言閒語：應該……
若不……我早預
見

有些人模稜兩可地繼續說
有些人看見她的頭（從報紙上
或親眼目睹）：發紫，腫脹

說明事發經過
警員問，彷彿自身就是外力的

肇因。先是力

然後才是受
力的對象
所以繼續。說明──

7. 獨自

獨自在客廳，好多灰塵要擦
捱近窗戶，崎嶇的天際線
假如拆毀才是永久的
真身？窩巢是變裝後的風暴

我和家人不再同住
事情不是是就是不是

幸福是拒絕偽裝的
概念。我修正我的質料去融入
家具素有堅硬的名聲
怎麼還有人要問我，為何表現得像個流理台？

8. 當

當警方迫我在房間坐了幾個鐘頭
而我的受害者身分卻站在
某個不存在的動機後方，詞彙

枯竭了。世界變了
風引起潮流，因而我們都得證明
自身的清白

當他們抄下我的話，有件事很怪
不准塗改，否則報告
將不具法律效力

他們嘗試改寫我的語言
以便建立某種真相

直覺告訴我，會有證據
證明某些膚色被吞噬過

但那些眼睛，只關心正確性
回瞪著我，好像我生出了第三隻眼

76

關於工作（中斷 1）

惠特曼・古龍（Hit Man Gurung），《我得餵飽我自己、我的家人與我的國家》
（2013，壓克力顏料印刷於畫布）

故事中，女孩放開
氣球。當它爆炸時
沒人責怪它的動作

如同第一節，第二節
開始於敘述者談論
她的頭，及其過往

她如何被迫捨棄它
她如何克服，與其他
無頭的姊妹一起——她的 BFF ₆

她們 BFF 地換取財富
一顆頭換一棟房子，一個沾滿
泥土的粉紅書包

她的頭爆炸時
她衣衫襤褸，在一群

不分職業的大腿之間

每張鈔票背後
印有某個男人的頭像，意思是
送 iPhone、衣服

回家。句末加上你個頭
代表否定，帶點嘲笑意味
粵語中：假期你個頭

尊嚴你個頭

9. 幾天

[ ] 繼續說明：

　　　抵達後的第一個月
　　　成熟。我當保母
　　　我保持安靜，離開視線範圍
　　　我不做夢
　　　我準備好。我反應
　　　我的背拱起
　　　我排拒

身體會自我獎勵的
你的可能會痛幾天

10. 灰塵

從下方圖片配對女傭
孩子的作業如是說。夾腳拖
毛孔阻塞，被寫入的我令他的家完整

孩子叫我八婆。他說
如果我夠薑 7，可以回嘴
奶奶在太太後面吃薯片

她碎唸如果我報串 8，會給炒魷
如果我有三倍力量，我敢怕他們有牙 9
十年前，我離家去做世界

我小心看路，面青青，行行
企企。一天過去了
我有種，長成債務，縫入
籬笆。在後方，我削薄自己以抵抗灰塵

關於工作（中斷 2）

孫原與彭禹，《香港攻略》（2009／2016，數位印刷、紙）

今夜，一根針滑
落手榴彈。一場爆炸
迅速，但盛大

在這個家，你
自由穿梭於衣物的
公共生活

與懸掛
你把骯髒的愛
的手榴彈放在冰箱頂部

一個鍋裡，四個墊子上
多數的夜晚，不可以像個儀式
在你體內留下

一個洞，低火力地
熬著否定

擦鞋童的鞋不是叫

鞋。在捷運站
你的腦迸散
形成虛構的混亂

那不叫腦。命名做的事
很簡單
它不去談痛苦

11. Q

Q：你知道什麼是急救嗎？
[ ]：我把話放冰箱。放室溫會腐敗

Q：不如我們列張壞女傭的清單吧？
[ ]：什麼是壞？我把我的話從山頂拿下來解凍了

Q（堅持）：這個挺會回嘴
[ ]：當語言到達低谷，風就開始找一張發紅的臉
　　一朵牡丹，什麼都可以

Q（假裝同情）：放過她

[　]（自白的語氣）：我不小心，用瓜炸了瓜。但我的廚藝
　　才不單純是「瓜」的問題

[　]（浮現焦慮）：問題是，我一直考慮空間。我是說，我比我的床還長。
當空間消亡，我對我身體的理解該跟上嗎？

Q（帶有預謀的虐待意圖）：現在，彎腰

[　]（擔心她的合約）：當我告訴你，我不像髖骨帶那麼能屈能伸啊。
　　你都送我一句：閉嘴聽話

Q（旁白）：她們是與我們一起生活的事物。看見他們就像看見散亂的衣
架。我們總得想想該拿她們怎麼辦。

　12. [　]記得

[　]記得仲介問過她
如何管教小孩，當時她
該回答：他們是與我們一起生活的事物

看見他們就像看見散亂的衣架
我想該拿他們怎麼辦

這個挺會回嘴

13. 離鄉

離鄉，意味友情
定義的轉變：一家愛情
旅店，每逢周日固定入住

她說：眼睛的聚焦速度比你想像的還快

有些東西在足夠的距離下才開始運作

噪音
回音
離鄉
回家
我的手
我接住

14. 物

我不是童書中擬人化的

水蜘蛛，起初並不小
不像燒焦的栗子。我沒獲得

一段起承轉合，幾頁亮晃晃的
文學轉化。我不是在第四頁
輕飄飄滑過湖面的忍者

我不是山寨版忍者。本來的我
不是一艘沉沒的折疊船
這不是誇飾法，我不是你和這城

一夜情後同意收養的寵物

關於工作（中斷 3）

葉建邦，《要是你想家》（2016，單頻道錄像）

說話的是你的文化資本
裹上馬賽克，由影片
計時。你會

怎麼做？我會想想我兒子

的未來。你的憂鬱
超買了。我們要你專心

去練習……橋垮下來了
權力垮下來了：要是你
想家人呢？

我會讓自己閒不下來。專心
適應，垮下。但自己——
忉！——說話的是你的文化

資本。你自己
是藏在舌下的。Kalau tidak bobo 10
要是你不乖乖睡，是你不

合群。只有英文有
自己的概念，比如木頭泥土
被沖毀 11。動詞放前頭

是人類利益的考量：
故事，忍它。我們不大談論
離散的問題。儘管被燙傷

專心。連鐵棍也會彎折

斷裂。要是你崩壞了

你會怎麼做？照片。皺紋

攪拌機。記住，沒人

期望鞋子把自己擦乾淨

啊！──確認你是可聘雇的

回答這題。比垮下更糟是什麼：

傾斜的地板，還是沒法拒絕墜落物的人

6　最好的朋友（Best Friends Forever）
7　粵語，指夠老辣、有膽量。
8　粵語，指告發。
9　粵語，意思接近「誰怕誰」。
10　印尼文，要是（你）不睡覺
11　Wood and clay will wash away。兒歌《倫敦橋》的某個歌詞版本。

欲言又止，也很快樂。我想用

別人做不到的方式說說「快樂」。你抬頭看我

藍綠色的雙層玻璃，覺得我像一根巨大魔杖

生出一朵悲傷的玫瑰。是的，充其量是

染色玫瑰。不，根本沒有玫瑰。我哀悼

街道的柔軟被目的與商店取代，知道你有天

將臉朝下落地，噢你美麗的眉毛

二十一世紀把我們的東西拿進室內去了，你知道嗎？

物品的訂價必須精確（一枚公雞盤，一根繩子）

在實際價值上加上 99 分錢，使它感覺更

真實。你想不透那第 101 層的鋼筋有什麼用途

對你來說，我仍是不變的會面點，將你拉向

另一個男人懷裡的力矩，或只是一根屌？

一年四季同樣適合等待與錯過——

你早到一步，彷彿在等待世界

垮下，雙腳朝上，等待你腦袋中的聲音

終於被聽見。整個冬天，期望像赤裸的傷口發疼

現在城市人都爬向看來不那麼

悲傷的人。雨什麼也沒給你。你是活生生的

構想，讓街燈醇厚。你不該

回家去嗎？問題存在那裡幾十年了

你期待的那些不會來——明星咖啡師，浮躁的職員

燒掉家庭合照的企業家。人們帶著相機

將他們戶外的絕望，整整一圈

納入景框。聲稱只有自然環境是矜貴

未免太保守了。我赫赫有名。地圖上找得到我

你來不是為了被快樂加速的城市景觀嗎？

現在，跳吧。運屍袋不是裝置藝術——藝術在拉鍊裡

插入論

我現已進入
流體意識，儘管

也們喊我
吞子，針對雙腿

之間的危機
大做文章

我穿上鞋子
露出脊椎上

一串受詛咒的逗點
立緊鞋帶時

我喜歡造成
七面皮革的疼痛

難道我們的身體
不是一對迴旋的刀刃

把愛從我們之中
剜出來？告訴我

洗乾淨的衣褲和我
通常誰更搶手？

無異於被多重插入的
男優，圈養在

找個歸宿與多找
幾個之間

臉書說，你跟一張嘴的本能
很像：不斷瞄準。你的祖父
是個運動傳奇，當你五歲
在高爾夫俱樂部揮桿，我揮動
馮媽洋裝的裙襬。斯伯羅教練
形容你是地心引力最危險的
勁敵。真有趣，看你的肩膀
在練習時幾乎不動。我不擅長
寫粉絲信。上一封寫得頗消極
長達數頁，寄給悲情屋頂
（此刻他流亡中），就算他的貓死了
也不能冒險回家。當我 google 你的祕密
一則保險廣告彈出。你會用
護具嗎？身高 198 是什麼感覺？
如果我聽起來口齒不清請原諒我
悲情屋頂是個代號，就像你
組織隊伍進攻時，在胸前做出

劈砍手勢，或彎彎你可愛的
食指。這是種經歷窯燒的知識吧
即使火光已滅，仍存在於
男男之間。不錯吧？
總有些什麼讓你繼續
挺進。我指事業方面啦
你讀到這封信，不是
巧合，我前幾天看到的也不是：
一隻畫眉棲在金橘的
樹枝上，她旁邊是工地
專橫的纜繩把一根鉤子懸在
巨型吊臂上。聽打樁機轟炸
地面，直插未知之處，你喜歡嗎？

12 米卡・克里斯滕森（Micah Christenson, 1993一），美國男子排球舉球員。

無意中聽到那女人說：

「我旁邊的男生是 Gay 的
他的高我也是
正在元宇宙，用護物覆蓋
他的屌。看，他假裝
是名心如止水的和尚
靜得像條鯉魚。我一眼
就看穿那假笑，虛弱得
裝什麼鬼。他房間應該有
精雕細琢的床柱。我是說
我喜歡這類東西，但不知道
他的唇是什麼啦。一組
開放權限的串流
帳號？現在流行吧。謝謝
老天爺，我聰明到可以破解他
也是他自己就夠
喜歡人體盛，去
作其他人的醋飯，擺盤

也很厲害。他喜歡膠衣
詞的聲音和質料的
規束都喜歡。作為
亞洲人，他會唸一則
神祕禱文，把要找的
東西出土。他吻過的過半
男人都是星塵。如果你不哭
他的皮鞭其實還行。我接受他
但世界不是業力雕鑿
而成。我相信閱讀
可以一夜間把石頭變得柔軟。」

柔性勸導

你床邊的景色

扭轉，豎直

展示自己

像個理智的提案

你自慰

是爲了理智

還是爲了那被遺漏

叫做人的東西？

好多人

和你聊過

一些有持續性

且沒人拿到許可證

將自己的破爛

包成禮物

塞進你口袋

說這是柔性勸導

比如：把自己當

一面鑄鐵鏡，假如會活到

八十三，到哪個人生
轉捩點，才要再次
磨亮自己？
比如：倒影
不重要，就像寫實主義
不重要。愛
每個不美
不年輕的人，不光滑的
像歷史悠久的
陶杯
要真誠，但別做
整形手術
當末日到臨
贗品首先將
化作灰。假使你
發現自己獨自躺在
床上，認定自己
不是空間主義者
就是逃避主義者
穿上衣服
（你沒概念它們
從哪來，也不知道

更把它們藏去哪）

這是爲什麼

我們會說分

租套房。和家人同住

卻不交談，沒關係

他們也不想

同你說話

忙著唸完

應對老化策略的

學位。他們撰寫

一篇論文，附上

工藝品，作爲畢業

條件，卻被抓到

彼此抄襲

毫無意外，你的照片

列入工藝品，還有

童年的垃圾

玩具（被你媽救起

摩羯座可是愛囤積

出名）截至目前

你該曉得，動物公仔

是期盼的徵兆

只是一直被內化

時間不停止

但時鐘會

口中含著一根屌

不代表你很

隨便。感受

你前任的單詞

訊息，如此

端莊，讀它的

弦外之音

未說出的

似又笨拙地

爬回過去的徒勞

找回平靜

沒關係，燒掉它

也沒關係。春天

有時凝結

像過期的豆腐

當某物漂走

最糟的不是漂走

而是了解到，是你

掀動水面

不說我愛你

他們叫我歷史

那首辛波絲卡的詩出版後，我的存在終被察覺
被察覺後，為了方便解說，人類給我取名歷史
　　✳
據說：歷史在詩結束後輪迴，選了做人，有一個家
有了家後，也擁有一道家門（門上有塊牌子：是命）
　　✳
牌子怨念很深，家的燈管偶爾閃動
一明一暗之際，我下載了交友軟體
　　✳
輸入辛波絲卡優惠碼
課金了四分一世紀的文明
　　✳
軟體很文明的幫我配對，最終約砲成功
你家在哪？找一道門，門上有塊牌子
　　✳
肩膀沒有波瀾壯闊的刺青。他說他叫未來
刺青和壯闊定義他的未來，我卻凝視他眼睛

✳

越凝視越懷疑他只喜歡我。我說：主人

主人。摸摸。舒服。他點點頭，觸碰我

✳

他只喜歡我。他說，想要的話，我可以

我可以把頭靠在他的腿上。我照做

✳

我照做。是命。他大腿很新鮮：

是個自愛的港灣。他俯身對我私語

✳

戴上鉚釘項圈，你這死性不改的小賤貨。

我照做，我的存在終於被察覺

✳

一明一暗之際，我讓他舔我的會陰

嘗起來像雪底下結塊的土壤，很新鮮 [13]

13 本詩與辛波絲卡〈困陷歷史，一隻狗的獨白〉對話。

New Balance

　　　　　狗狗的失智症
惡化了， B2 期的
　　　　　　心臟咕噥
　　　快到 D 期了，腦袋快
　　　　　　　　　裝滿霧了
　　　你以爲能
約束他的神經
　　　　　　不失控
　　　他卻通宵遛達
　　　　　　　　腳掌給尿浸濕
　　　像一名厭倦爭鬥的戰士
尋覓心愛的歌姬
　　　　　　卻不知她的化名
　　　有時候，他將口鼻
　　　　　　　　任意搗進一道夾縫
　　　牆與書架之間
然後仰躺
　　　　不動，或忠誠

趴伏於沾滿灰塵的

　　　　神位旁，彷彿

在和神明

或盤桓的祖先

　　　　交朋友。夜夜

你反覆將他

　　　　移開（否則他會

吠得像被黑洞

吞噬）

　　　　可是你家

早就毫無生氣

　　　　　像他的腎臟掃描

夜夜，你將餐椅

疊上沙發

　　　　椅子的背

不知羞恥，依偎

　　　　你的枕頭

椅子四腳朝天

猶如搬演群交派對

　　　　使你在狗狗剩下的

日子

　　　　好過點。你

　　　　不曾和誰

談過，總是反覆

　　　　　　思量。談

　　　　又有什麼用

　　　　　　　　不過是一灘

　　　黏液，一聲走音的

嗚咽？

　　　　　　夜夜，你餵飽

　　　吸塵器

　　　　　　　　　的胃

　　　以他脫落的毛

焦糖色，珍珠白

　　　　　　回想，你知道

　　　他逆時針躂步

　　　　　　　　　以光陰戲耍

　　　挫敗，記得他

浮動的視線，混和

　　　　　　霧白與青光綠

　　　逗得獸醫咯咯笑

　　　　　　　當你叫他

　　　四腳嬉皮士

走跳獸醫院

　　　　　拒絕睡在

　　　　　　　　墊枕頭的籠子
　　　　　　　　　　　　拒絕密集注射
　　　　可疑的液體：
存活的
　　　　　　　最低限度，你被告知
　　　　心臟與腎臟
　　　　　　　　　　開始打架：
　　　　讓一個休息
就會累壞另一個
　　　　　　　很難抉擇
　　　　該放棄哪個器官
　　　　　　　　　　你讓針筒
　　　　輕柔馴服他
體內增長的
　　　　　　　恐懼
　　　　回歸基本
　　　　　　　　　像人們會發出的
　　　　一聲輕呼
當他隱約明白了
　　　　　　　什麼，卻希望
　　　　最後什麼都別
　　　　　　　　　說破

自救

多慢啊
這沉甸甸的一生
如今逐漸失去
份量，像緊實的腿
鬆弛。我盡量
笑臉迎人
卻無法掩飾
痛苦，跌跌
撞撞，在這座
早被其他情緒占據
的城市。 這是為了
我自己
我值得：攤開
自救的祕訣
幸福是個
自由接案者
新戀情

幫助人向下一站

邁進

我不確定要去哪

最終往往

糾纏於給修過的

親密。我該

放下手機，放下

圖片中亮澤的

手臂，某些下顎

線條的陰影

這軟體

失控了，你說

當好多乳頭自稱

負能量退散

好像它們已

歷盡滄桑

世界開始翻覆

我值得、這是為了

我自己。今早

灰濛濛一片

我渴望來碗

精力飽滿的可可球

我要簡單生活

36 顯示更多圖片

別只會給我一顆

耳垂大小的紅氣球

幾百張都不是問題

他說，但它們可能

全是假照。他說

他只是陳述事實

也遺忘了鬍子的

刺癢感

那是自從其他帳戶

成爲了娘娘

（也叫做簡單

生活）開始的。我們都不是

這樣嗎，想被欲望

更多，被了解

更少？

我的帳號是

Discrete 44

若你碰到我

別問我是否其實想

說 Discreet

只有說得通時

我才樂於解釋

我睡不著

一陣絕望

土石流，我希望

睡到大腦也自我懷疑地

醒來

我的意識漫遊

如凌晨三點公園的

滑板少年，摔落的

速度有天空

陪伴，只要給力

沒有失誤是

絕對的

我值得大睡

只需

天天補水

做自己的

自動寵物

餵食器。我還

想你

我餵自己吃

蘸了杏仁茶的

引句：

對於陽具

你毫無招架之力

那是你喜歡的形狀 14

4 引用法國詩人尚・弗里蒙（Jean Frémon）的 *Now, Now, Louison* (2019). Translated from the French by Cole Swensen, New Directions。

豎直的理由

一場通宵的
性愛派對
角色扮演主題
我幾乎打退堂鼓
是說，什麼角色
還適合我？多年來
都在扮演中年的
自己。但我
終究來了，領會到
友達以上，戀人未滿
是大家的共識。此刻
青春滿屋，丁點未顯
衰退、渺遠，滿屋子
大腿應允
左右大開
巨大床墊上
半隊的足球員
與他們的教練

都嗨茫了

外頭，星星模糊

清晰度遞減。凡光

所經之處

皆有種長途跋涉的

疲頓。我吻過

一些頸，彎至

骨膜的極限

聽見我的髖骨

傳來酥爽的

帕帕聲，天亮前

我離開——

在被自己肉體羞辱之前

在他人眼裡

我形同

一綑枯柴。羞恥

且哀傷，我漸漸學會

區分解決問題

與服務問題

象一隻吉娃娃

扁接比她的頭

大上兩倍的網球

我羞恥

吞下瑪卡膠囊

才投入那個近乎蕩然

無存的運動主題

我連當他們的裁判

都不夠格

我以為我了解

呻吟、它的啓動點

疊疊保險套如何

慵懶散落地上

如何被胡亂抓起

雙腿決定

大開，配合

豎直的理由

隨便他們說的

剛才很棒，別走心

是什麼意思。也許

是他們的錯

太自我耽溺

如一句鍍金的格言

但這亮麗的肉體

集體遷徙

實在太難抗拒
而我又長出
白陰毛了。我想像
年輕的自己
坐在公園長椅
手持剃刀。我回到
孤獨的身邊（反正
很方便），想離開
也確實離開過
每當一段愛情
過去，我的手
更老了一些
處處蹦躕。觀望
繁星，看見自己
更黯淡了。而我
又在誰的心誰的
人生之外？
刺耳的晨鳥
掀起的死皮
別走心
離開的玄關
空洞。不發
一語

颱風中滑 Tinder

寵愛自己缺乏配對

遠比有個愛理論的對象要好

喜怒無常

枯死的樹。枯死的牛唇草

處處都是起皺的廉價雨衣

吃貨讓我滑到 Rafael 30（藍勾），距離 17,488 公里（大概是巴西）

我認為同志仍不夠革新。憂鬱當道，我認為

叛逆某種道德價值，太八〇年代了吧

點開交個朋友吧！：你已滑完所在地區的個人資料

先說清楚，我找能和天氣互換的朋友：

可接吻、狂野、凶猛。King-sized 加分

看起來不賴，看起來灰灰的，看起來粗獷，很粗

溫柔。邊看邊讀《你就是天氣》15，幾乎沒

注意到雨水滲過窗縫

當然，極端氣候使時間感無限開放

自介提示：成年。也是我：鐵磁流體

能快速舒緩您的硬碟。有時候

我寧願自給自足像個同志劍玉。不是說

我是某種情趣玩具。別搞得很機械化

理科我不在行。風暴追蹤器螺旋狀的

橘紅雨帶騙得我團團轉

當風把樹拔起，露出地底黑褐的土

隱約，非常隱約地記得，我盜過你的照片

毫無羞恥的在 X 上發布

想證明公平交易只是神話。謝謝你

後梳油頭，潑墨刺青，他們零起疑

讓我當那個大家都想吹的人

15 《你就是天氣》（*You Are the Weather*）是美國藝術家羅尼‧霍恩（Roni Horn）的作品集。霍恩在冰島各地溫泉和泳池爲同一名女性拍照。女人的臉部表情的細微變化，反映出她周圍的天氣狀況。

Grindr

要求政府用精純的煤碳
封住我的甕，可惜他們從不承認我

對於手的性癖。人生至今
大多是貝殼彫刻

經濟重創我
不帶瘀青。嘗試避談

政治，所以去找人——
找些不再認可我們的人

一名嚴肅的彩虹愛好者
喜歡一直把燈關掉

更喜歡有人在黑暗中
點頭，卻否認

點頭的是其中一人
傾向去挖掘

舌下的什麼，無論如何
皆是地窖。我攀越父親

磨利眼神的匕首後
篩檢爲陰性

與父親的五幕劇

I 假設如俗話所說
　我們前世是情人因而
　今生爲父子，也許
　當初我不夠愛你

II 當時我可以挑選你的性別
　怎麼弄？
　就像爺爺挑了你的名字
　你這麼覺得？
　就像挑選一名敵人

III 我將我的祕密石化了
　什麼祕密？
　你知道是什麼
　你的孽障都跑哪去了？
　脖子吧。輕而易舉

IV 記得你第一個說出的詞嗎
爸爸。
像苦頭嗎？
也像一個願望。

V 別許願。每個願望都有翅膀
話才出口就飛走。
不，用爬的
那是你的想像，顛倒過來罷了。
那是我對你的概念

藝術家

你　決定靠觀念藝術來色誘想像

你　把渴望封存在乳膠手套直到它們個個像脹氣的胃，長了五根觸角。
　　當想像看見時，

你　希望他說：你的想像讓我好硬。他意思是

你　的牆是面鏡子，他被鏡中的自己弄得很興奮。但暫且

你　夜夜對牆手淫。約會夜，餐廳是

你　挑的，沼澤般又黑又深。菜單設計以悔恨作主題

你　在酸種麵包上塗奶油，用一把

你　堅持叫做「和平的刀」，希望用獨特的語言讓他印象深刻

你　點了「殷勤起司」，意外餐廳居然有供應。牛排上來。想像問

你　要現磨胡椒還是玫瑰鹽？身為偏 M 的情人

你　傾向由他做決定。好吧，他說。剩餘的晚餐時間

你　們幾乎沒再交換隻字片語。但他還是跟

你　回家了。看著電視裡的假新聞，然後

你　帶他去看牆上那些胃袋。這不算器官，他說。對我來說
　　它們是啊。

你　反駁。器官是真的，他邊說邊拿出從餐廳偷來的和平的刀

你　看著他把每個胃捅破

你　分不出是刀鋒還是刀上的反光爆破了胃袋

你　目睹作品被摧毀時，生平第一次高潮

毀滅的衝動也是

一種創作衝動，班克斯

引用畢卡索的話

引用猖狂引用

碎紙機的電動

牙齒精準的咬嚙

引用幾吋它吃

進去的畫布

引用某次大概

無風的落日引用

一顆紅氣球高高地飛

不能冒險跳舞

引用一根線引用女孩

引用她握著

那線的手，手沒概念

還有多少淨值，握著的

又有多少能切換為

生存引用謠言

關於女孩的雙親

已擠出她人生和維多利亞風

畫框之外引用別喊

爸爸的名字

不在那兒媽媽的

不在那兒她自己的也不

在那個防彈玻璃

箱裡有種不在

隨著參觀者的等待

腫脹，他們就愛看愛

被封起來，以知道它的極限

給前任（最小器的詩）

當我祝你有個充實的夏天，相信我
我想說的是，像微軟的龜速更新
重整你自己吧

你會得到我的祝福。相信我

分別在公廁與殯儀館
我曾閃現一陣領悟，想變回
小孩。不停地畫

鼻孔與甜甜圈，從早到晚
牽著媽媽的手，替換到
某個不必煩惱自己是不是
活得符合期待的地方

你的治療師看上去
像選得很爛的女演員
飾演珍妮・侯哲爾 16

乃沒法重訓（你知道

爲什麼）每根肌肉在健身房誠實地
將目的吸入、吐出

接受了你的建議，培養新興趣
最近，我喜歡在咖啡館外看
停車收費錶倒數

身爲現場唯一在乎的人
感覺眞怪，更怪的是
別人都說車震方便

贖回自己。我會確保
你讀到這首詩
萬一編輯不愛目前的標題
我也樂意叫它給烏龜
給茄子或給護腳霜

韻腳肯定不會中傷
你的現任。他那張臉
像被踐踏過的紙袋，我不會是

最後一個弄皺他的人

16 珍妮・侯哲爾（Jenny Holzer），美國觀念藝術家。

天空終於能停住

嘴唇不像紙號角般容易

張開　看那些雲

幸運地拉成毛絨絨的

科莫多龍　爪子

以泥土　與痛楚修飾

天空（沒有飛機）終於能停住

某處一扇窗遭判刑

入獄因為太透明　每晚

我用拖把將一地憤怒

抹起　就像憤怒

以魔術靈將細菌

壓下拖把　這不容易

張開嘴唇　像紙號角

親吻　擱置　銀行外圍

封上木板　ATM 不能　噴射

現鈔　黯然出走的可憐人

算是幸運　他們在公海闊論

理想健康和自由這麼多秒　一片死氣

也好　呼吸　當下空氣

看星星亮　柔滑的回復力

慶幸　更多光

的遮蔽　可能發生在別處

代表光塡滿所有的空格。光能做的不多：它無法在不喝我的情況下，講一個愛情故事。有一次時間帶著我去看一本書，接著，一個身體，隨後我明白他們內在都充滿抗拒。它帶我去使我顯現的雙手那裡，感受到新聞裡的當下。接著帶我去把我拋棄如人造衛星的傢伙那裡。購物中心內部的空間彷彿不朽。我嗅著小鮮肉的皮膚，混和廉價香水樣品與靈驗且崩壞的青春。

純然

唯獨扭蛋機
讓我興致勃勃
將找零硬幣
插入生鏽的細縫
一粒膠囊
趕緊滾下
肚腸直到肛門
才擺脫
不斷膨脹
的未知感
我拳了它
扒開膠囊，彷彿其中
理想天菜
已久候多時
類型無關緊要
我知道，公仔
並未設定性能值

也沒有工廠陰莖

或聚乙烯大包

瞪眼勃起

但他們不純然

是哀傷對吧？

還是說

他們是量產的證據

證明根本沒人

會來看上我？

每次扒開膠囊

驚喜少了

我就少愛自己一點

再少一點

最後決定摔爛它

走回機台

另一群鮮肉

深蹲，眼神

餓極，渴望

一種魔法讓他們

窺探（即使短暫地）

我的彼端

暗本

洞在家裡不斷地挖自己，知道我想要第二個家。在深處，我找到一個我
曾擁有的兒子——總是被我繫住的那個。他看起來像一架壞掉的風鈴，
靠著風。多數清晨，有不諧和音，卻也不像我的名字那麼不完美，我被迫
接受名字的聲音。世人就憑那聲音認識我。再也沒人歌唱。取而代之的是
等待第二個家。等待成了一種專業。每個人都在別人的祕密中尋找指紋。
每隻手有五根針。我舉起兒子讓他看見城市的天際線。

春天。黴的內部。他的胸膛

是個混放古董與空虛的小箱。非生命體

失效的。母親總吩咐我要疼惜

老房間，某天會找到什麼

轉贈過去。快樂，如此困惑。習慣將

肉體描述。震驚。沉寂飄在

折喪之上。放下吧，現實主義者。事實

看上去像花生奶油。鎮上小號哀鳴

一面牆靠著另一面牆，如此媚俗

一支給青春餵大的粗號角。墳墓將

三本書變成天窗

城市的輪廓幾近潰敗

聽見門鈴，我把門打開

不可當作是補償

◆

外面有另一盞路燈看著我

灼傷怪異往事的內情

脫殼的螃蟹找到下一個

老收音機。雙簧管交響曲。同性的

信件首頁，聲稱所有改革

只會取代狗的指甲

我的，長半吋，是這城的

潛台詞。我在標榜年輕的

臉龐化身濃濃的

時代錯誤。有一個月

我在博物館排列牙齒和眼淚

真實人生好難──男孩一手持火

躺下，抽出香菸，他說

你進來了嗎？

◆

凸出物。哪裡？療養院

說悲傷一無是處，真奇怪，是種奢侈

我看著悲傷吞下化學物質，毀滅

它的自傳，它躁鬱的額頭

生命才開始，人們就成為了

自己的過去。直覺很早就要我別擔心

真實感受使一塊琥珀發光
他偽裝。我看出他喜歡歷史
每天都給拉扯讓自己分心
琳琅滿目的腳。高牆在時間裡搖晃
母親是沒上麻醉的
論點。Gay 吧是回歸罪惡感的
窄路。寄居在人──人──人裡面
喬治，林肯，格蘭特。模式比名字重要

◆

陌生旅人尋求慰藉，踏入
黑暗的房間。最單純
最美的，褪色。衣料，他想到的
偏都市工業風。他不知道氰化物
是惠特曼的祕書。圖書館
是白白存在於當下的
空殼。遊蕩多時。微光
冗寂。某本書說，你要嘛
象醉酒的流浪漢，要嘛像藍色大衣
青晨六點仍在意姿勢好看
整個城市不發出丁點聲響

我見到他。我大多一個人
生活，和狗打招呼。或者說，確認
他臥室的門都關上了

◆

他提醒了我清潔的重要性
那同性的部分，終於找到了
山凹，一個陽光想起燈的地方
真的，男男挺愛不時來點延長的
早晨與下午，從時間抽離
像沒有前後文
飯店頂樓，太多空閒
要打發。一片碧海的驕傲
青春進犯我的腳掌。我是說在我的脊椎
翻土種花。總有人要趴
下來。世界各地的人把私密的畫作
保存在瓶裡。情人們——整潔地
在頁邊空白。在紙上，他衣服都穿好
多是出租的。剩下的忠誠，是廣告

◆

好像每個人都是或擁有一座肉市場

尋找某人的錯覺

並非不存在。侵入身體，溫柔地

在六點半發生。也許沒理由爲

像碟型天線的那些人下結論

理想化的，愛動腦的。我會

和他住在一起直到他的鎖覺得

備受責備。一座城市，僅僅在

愛情、成功與關係間載浮載沉

從街道瞥見寂靜的

事實。在孤獨的第一個月

我要求鏡子索討

藍色漩渦。有時閱讀是爲了

焦慮暗示一個去處的可能

◆

這座城幾乎在每個層面上

都清楚誰是獨居者。你找尋

一個空間，重新發明生活。做回更好的自己

有人在空虛上躺平了

免間，想像完美城市的樂趣

投下一束詭異的光。我像扇貝被烤著
我跟蹤鴿子。我最深沉的悲傷
在四月價格不菲。哭泣的房間
用來儲物，因為忽略暴露癖
比較省錢。生活在理想主義的
公海。衰老少不了包含一廂情願
和嫉妒。同志生活無法教你這些
我就是明白未來是個十八世紀

◆

當心寫作
我的嘴唇像狼的，一本關於愛的小說這樣說過
懷疑，大體是種同志疾病
我該把人分為八卦、怒氣與扶手椅
我會把一個男人變成桌布
他的手看起來很悲傷，是故事完結的備忘錄
影子總將人相愛和進行拳賽的感受
　　　　糾纏不清
冷杉找的不是政治和幽默
公認為基本尺寸卻是膨脹的恐懼
上了皮繩，聲音無法去追它的想法

原諒我。我一直在努力
心要離開了
只求一張臉留點尊嚴給我微賤的詩句

社畜

寫一張閃亮的課程大綱
它須提到 Zoom 的檢視模式
要盡量縮小，去減低絞殺的人性
要是學生全開靜音

也沒什麼問題。他們已找到
禪，可喜可賀。將你的 Mac
放在路易絲・布爾喬亞 17 的
硬殼精裝上，學生把你的臉

鉤織進嗆酸的學貸，他們從高角
度看你，你就沒那麼討厭
你須要提供真實性——不要
用綠屏，反而秀出你紮進

格子襯衫裡的紀念 T，掛在
身後，幾乎像《斷背山》

觸動你心的最後一幕
現在你既是傑克

也是艾尼斯，你的房間沒有
放牧的草場，四面霉跡斑斑的
牆，這是春天。原諒論文
老把艾尼斯少拼一個

n。天天衡量你的工作熱情
告訴老闆，你去了趟地獄
又回來了，覺得很驚豔
你記憶裡，多數的同事都像

靠得住那樣關心呵護你
要心存感激。你殺不死
一隻巍然屹立的蜘蛛雕塑
彷彿沒有什麼空氣牠爬不過去

---

7 路易絲・布爾喬亞（Louise Bourgeois），法裔美國藝術家，以蜘蛛造型的巨大雕塑聞名。

累壞

「兼通多語的員工能搭建理解和溝通的橋樑。」（risepeople.com）

沒什麼比

這更累人：告訴

羊茅，一股風

是一粒拳頭，告訴

老闆，他在一堆

樣品中，啥也

不是，然後回去

面對那魚

池水慢慢見底

一碗魚湯

因此它也可以

一死了之了。瀝青說

停，停，但大團

烏鴉仍上去熱舞

腳底燙傷

人無法在漫步
雲端，這使得
賞雲也
同等累人
積雲並不
可愛，不過是氣象版的
舒潔，被某些在網路上
跟蹤已婚爸爸的傢伙
留下。沒什麼比
這更累人，和舒潔聊
它多柔軟，多麼是其
所是，是
一種意圖
我累壞了
若不印成藍綠色
天荷的骷髏頭會感到
不那麼寂寞
我會這麼告訴
也。我會
預先警告奈良美智的
女孩，當她厭倦

在拍賣會上、在 alpha
男的皮夾裡，緊閉
雙眼。我教會自己
爲藝術而
對藝術說話
順帶一提，我也會說
動力學語。某次
上班時，我和我的
彈弓說，瞄準
老闆的頭
重力卻笑了
我當作是告訴我
弄一把手槍就
能安然下班

GEN X 頌

你的夢是杜撰的
前任部分是敘事體，部分
起毛球。他們笑起來
有種不平均的快樂
你學會與酒吧的高凳
結合，因爲沒人要你
在未洗的床單之間
延續夜晚的

熱度。純淨早就不在了——
若不能當自己耳朵裡的音樂
作一副抗噪耳機吧
作一點五副好了
我確信 GIF 也是種擁抱
誰發給你根本沒差

╳

國際內觀日當天
每顆心都起波瀾，人人
內觀，氣喘吁吁戴著助聽器
我不是開朗的人，想不起
喜劇的台詞
哀傷足以讓你厭世到粉碎
很難向千禧世代說明

長大就像在狹窄的井底
簽上躺平時屬於你
我的身體融化，滲進裂縫
沒發覺自我竟然這麼大
我沒有想做 X 世代，也不能
命名 X 世代為 X 世代。所有
悲慘的終局必須重複說三遍

我坐穿九百萬次日落，眼看
千篇一律的晚霞，透明的鏽鐵紅
人們口中的老靈魂，我猜是滿肚子的

起點，而我的開頭是一座瀑布

我用雙腿之間閃亮的水幕
擊潰和尚。另一世，我就是那和尚
顫抖著，凝聚意志，不讓肉眼的
幻象攻陷。不怎麼成功啊這一生：

我的胸膛是臭蟲的跑道。我讓人
劈砍雜枝。我讓——這個詞
在業力的嘴裡起泡，在往後數十世
將我化入憎恨的脂肪堆

我曾是一隻斷臂，被指派動作
一次只能做一件事真的很煩

　　　✕

為了縮短轉世的等待
今晚我完成了自省功課
對人類的貢獻：輕於
霉斑。即便在人生最瘀青時

也不曾害人。我在崇尚形容詞的
文化中收養了介詞。Over
過於道貌岸然；about 正要爲
維護自尊蛻皮

有時我收集皮膚，像摺紙般保存
並把情況搞得更複雜
我領悟到連長相最兇的男人也會使用貓咪
頭像，我把窒息翻譯得差強人意
讀來比原文更稠。死去前
五十人該在我的口裡回春

    ✕

掉在地板會響的硬幣
不響的硬幣。不響，除非
爲了什麼目的跟更多硬幣結合
隨即大聲喧嘩而倒頭來沒有目的

某種愛，當它落下，或被丟下
發出乓一聲，隨即地面感到

一股恥辱。文明城市因解決不了
一道哲學難題關閉——

這恥辱到底是誰的？是某個版本的我
而不是我。如今地面養護大爲流行
我們祝福礫石、細鞋跟、尿布與活動扳手
和其他散佈人行道上的怪東西

日出短暫感到格格不入
雲朵向我們的尊嚴索價 $6.99 美金

✕

公園有自己的 KPI。
鸚鵡被訓練互打視訊電話
排解寂寞。長輩在湖邊

吞吃石頭，他們的腸胃樂於
繼續運作。一朵懶花的頓悟：
社群驅動了我的綻放

多少蜜蜂的嗡鳴

是對其同類的引用？

而角苔又怎能分辨？

動是風四處尋覓的那個字

有些男人讓這公園因呻吟

而聞名。確切來說

紅瓶刷子樹那邊。解開皮帶，濺出火星

扭曲的手背負它們造成的傷害離開

外力

1930 年 4 月 18 日，晚間 8 點 40 分，BBC 宣布：「沒有新聞了。」

每台電視裡，一隻烏鴉

跟一隻喜怒無常的鴿子準備交配

當時沒人能解釋螢幕裡的雪

記憶的幽默在於

它是就位的英雄，不見得

完全到位。電視

多大、多聰明不重要

欣然接受它縱向的虛空

厭倦了電郵外洩的新聞

我心想，給時髦髮型的主播

來報不是很好嗎

一則電郵躺在我的垃圾信夾

有個男人送來杯劣酒，裝在 e- 馬克杯

期待我與他 e- 接觸

我需要替代方案

離開諮商師的椅子時，特別有感
見這一面花了我 $600 美金
會面結束，一陣耳語
山崩。耳語產生的生物垃圾
引發幻覺，新聞是這麼說——
而且政客像洋蔥層層包裹
他們的嘴像鯨魚的氣孔
開開合合，盯著
我們都對痛上了癮
沒有電視，我雙眼如電子明亮
八哥啄來彷彿它們是芝麻粒

進入還是角牴？18

外頭還是填滿？

深入山坡還是煙霧？

一物還是殘骸？

河岸還是地平線？

凝膠綠還是汙水棕？

接受還是詢問？

欠缺還是敞開？

群眾還是自畫像？

面對我還是收音機？

鄰近還是等一會兒？

記憶還是悖論？

思想還是思想的流動？

玥顯相同還是出乎意料？

聲音作品還是螞蟻農莊？

難看見還是夠大？

難看見還是夠大？

難看見還是夠大？

重複還是另一個又另一個又另一個？

語言原初的咕噥還是遠離言說的可能？

裝框還是邂逅？

起皺的皮膚還是一件藝術品？

不規則還是固有的？

模仿還是眾目睽睽？

相片還是標誌？

引誘進入視野還是逃逸路線？

星號還是一無所有？

1999-2000 還是 1994 ？

）還是"？

構造還是信念？

平庸還是種種迷宮？

吹噓還是置於強光之下？

驚鴻一瞥還是漁船？

皮膚般的眼睛還是被撫摸？

一本書還是一頂帳篷？

離婚還是身處沙漠中央？

恐怖還是唇膏？

偏離中心還是碎片化？

發青還是保持本色？

無膠還是一片金礦？

可觸的還是腦力的？

沒有鳥類還是沒有地標？

喧囂還是沙下？

矗高還是獨處一室？

耦合還是脫節？

注意天氣還是將之收進抽屜？

他物皆不存在還是不再被他人看見？

5'6"還是爬蟲類的皮膚？

支帶還是寄生甲蟲？

松節油還是浮冰？

字典還是扭曲？

白光一道還是即興一場？

無盡的似曾相識還是博物館開幕？

飄渺的標點還是柔脆的聲響？

吹吹還是舔舔？

舔舔還是壞壞？

極簡主義者還是意識的鷹身女妖？

方彿還是好簡單？

表面上文法正確還是中世紀教堂？

不可能是真的還是當然不是？

日落還是汗與麝香？

白色的尖椿籬笆還是臉？

地心還是百科全書？

人口過剩還是病理學？

偶爾被遮住還是慢慢消失？

海岸線還是圖表？

信號還是報告？

內褲還是肩膀？

巫術還是綠色遮光玻璃？

矛盾修辭還是自然奇觀的縮時攝影？

壞死的手指還是測量人性的裝置？

家庭寵物還是媽媽的塵？

檸檬糖還是遙控器？

泰迪熊還是插插頭？

對話還是小我，逕自變大？

18 題目〈進入還是角牴〉（*In or Horn*）是藝術家羅尼‧霍恩（Roni Horn）的重組詞（anagram）。詩中的句子改寫自 *Roni Horn AKA Roni Horn* (2009), Steidl.

世上最小的窗

首先，一條紅線

淡入，彷彿藝術家

在快篩揮毫

世上最小的窗

哀號

未知的景象

然後瞪著時間

過去。同時

瞪著牆

瞪著簇絨地毯，瞪著

一盆虎尾蘭

在窗台迴避

團結

我倆沒說什麼

棕色的泥巴也沒

空氣離奇死寂了

十五分鐘。說實話

我忘了我們是否真的

沉默了那麼久，還是道德上

夠久，才鬆開

彼此休閒綿褲的

褲頭。

操快篩上的 T，枯澀

測試線，而我定義 C 為割過包皮

可以色色

近來，什麼日子值得

一活，提升，或減少？

親一下

抗原吧。較好的那些就親兩下

你害怕濕巾

使你的唇

盛放如連翹

若你是閱讀老手

你該知道書頁

無法抗拒你的翻閱

黃裕邦，香港詩人、翻譯者，近年探索視覺藝術。詩集包括《Crevasse》，美國 Lambda Literary Awards（同志詩歌組別）得主，《天裂》（中譯，Openbook 好書獎決選名單）以及《Besiege Me》。2018 年贏得《澳洲書評》Peter Porter Poetry Prize，同年獲台北詩歌節邀請擔任台北市駐市詩人。曾為曼徹斯特國際藝術節、所羅門・R・古根漢美術館（紐約市）和香港 M+ 博物館的藝術項目作跨界寫作。2024 年參與愛荷華大學國際寫作計劃的秋季駐留，獲頒榮譽寫作院士。

陳柏煜，台北人，政大英文系畢業。曾獲林榮三文學獎散文首獎，時報文學獎影視小說二獎（當屆首獎從缺），以及雲門「流浪者計畫」。獲選文訊雜誌「最值得期待的十位九〇後寫作者」。著有散文與評論、訪談文集《科學家》，詩集《決鬥那天》、《mini me》，散文集《弄泡泡的人》。與藝術家郭鑒予合作圖文集《地下室錄音》。翻譯有美國桂冠詩人羅伯特・哈斯（Robert Hass）詩集《夏季雪》。

AK00438
微賤

作　　　者：黃裕邦 Nicholas Wong
譯　　　者：陳柏煜、黃裕邦
執行主編：羅珊珊
校　　　對：陳柏煜、黃裕邦、羅珊珊
美術設計：吳睿哲
行銷企劃：林昱豪

總 編 輯：胡金倫
董 事 長：趙政岷
出 版 者：時報文化出版企業股份有限公司
　　　　　108019 台北市和平西路 3 段 240 號
　　　　　發行專線：(02) 2306-6842
　　　　　讀者服務專線：0800-231-705・(02) 2304-7103
　　　　　讀者服務傳眞：（02）2304-6858
　　　　　郵撥：19344724 時報文化出版公司
　　　　　信箱：10899 台北華江橋郵局第 99 號信箱

時報閱讀網：https://www.readingtimes.com
思潮線臉書：https://www.facebook.com/trendage/
法律顧問：理律法律事務所　陳長文律師、李念祖律師
印　　　刷：勁達印刷有限公司
初版一刷：2025 年 1 月 17 日
定　　　價：新台幣 460 元
（缺頁或破損的書，請寄回更換）

本書榮獲 國|藝|會 出版補助

時報文化出版公司成立於 1975 年，1999 年股票
上櫃公開發行，2008 年脫離中時集團非屬旺中，
以「尊重智慧與創意的文化事業」爲信念。

ISBN 978-626-419-181-4
Printed in Taiwan

微賤/黃裕邦著.陳柏煜, 黃裕邦譯. -- 初版. -- 台北市：時報文化出版企業股份有限公司, 2025.01
164 面；17×23 公分
ISBN 978-626-419-181-4 (精裝)

851.487   113020416